BLAZERS
Bilingüe/Bilingual

Monstruos extintos/Extinct Monsters

El pájaro del terror
Terror Bird

por/by Carol K. Lindeen

Traducción/Translation: Dr. Martín Luis Guzmán Ferrer

Consultor en lectura/Reading Consultant: Barbara J. Fox
Reading Specialist
North Carolina State University

Consultor en contenidos/Content Consultant: Professor Timothy H. Heaton
Chair of Earth Science/Physics
University of South Dakota, Vermillion

Capstone
press

Mankato, Minnesota

Blazers is published by Capstone Press,
151 Good Counsel Drive, P.O. Box 669, Mankato, Minnesota 56002.
www.capstonepress.com

Library of Congress Cataloging-in-Publication Data
Lindeen, Carol, 1976–
    [Terror bird. Spanish & English]
    El pájaro del terror / por Carol K. Lindeen = Terror bird / by
Carol K. Lindeen.
        p. cm. — (Blazers. Monstruos extintos = Blazers. Extinct monsters)
    Text in Spanish and English.
    Includes index.
    ISBN-13: 978-1-4296-0616-5 (hardcover)
    ISBN-10: 1-4296-0616-9 (hardcover)
    1. Phorusrhacos longissimus — South America — Juvenile literature.
 2. Birds, Fossil — South America — Juvenile literature. 3. Paleontology —
Miocene — Juvenile literature. 4. Paleontology — South America — Juvenile
literature. I. Title. II. Title: Terror bird. III. Series.
QE872.G8L5618 2008
568'.3 — dc22   2007031429

Summary: Simple text and illustrations describe phorusrhacos, how they lived,
    and how they became extinct — in both English and Spanish.

Editorial Credits
Jenny Marks, editor; Ted Williams, set designer; Jon Hughes and Russell
    Gooday/www.pixelshack.com, illustrators; Wanda Winch, photo researcher;
    Katy Kudela, bilingual editor; Eida del Risco, Spanish copy editor;
    Danielle Ceminsky, book designer

Photo Credits
Shutterstock/Galyna Andrushko, cover (background)
Valley Anatomical Preparations, Inc., 29 (skull)

1 2 3 4 5 6 12 13 11 10 09 08

Table of Contents

Tabla de contenidos

The Ancient World/
El mundo en la antigüedad

About 27 million years ago, an ocean divided North and South America. Monstrous birds and beasts roamed the open forests and grasslands.

Hace cerca de 27 millones de años, un océano dividía a América del Norte de América del Sur. Unos pájaros monstruosos y otras bestias merodeaban en sus bosques despejados y llanuras.

A bird called phorusrhacos (for-uhs-RAH-kuhs) ruled South America. No creature stood a chance against this meat-eater.

Un pájaro llamado Phorusrhacos reinaba en América del Sur. Ninguna otra criatura podía enfrentarse a este carnívoro.

Monster Fact

The *Phorusrhacos longissimus* was one of many large, meat-eating terror birds.

Datos sobre el monstruo

El *Phorusrhacos longissimus* era uno entre muchos pájaros del terror carnívoros.

7

A True Terror/ Un Verdadero terror

The phorusrhacos was a powerful runner and a deadly hunter. This 8-foot (2.4-meter) monster weighed around 350 pounds (158 kilograms).

El Phorusrhacos era un poderoso corredor y un cazador mortal. Este monstruo de 2.4 metros (8 pies) de altura pesaba cerca de 158 kilos (350 libras).

9

The phorusrhacos had a crushing jaw and an enormous beak. The bird stretched its long, strong neck to sink its beak into helpless prey.

El Phorusrhacos tenía una mandíbula trituradora y un pico enorme. Este pájaro estiraba su cuello, largo y fuerte, para hundir el pico en su indefensa presa.

Monster Fact

The phorusrhacos' beak looked much like an eagle's beak. The hooked tip was perfect for ripping meat.

Datos sobre el monstruo

El pico del Phorusrhacos se parecía mucho al pico del águila. Su punta en forma de garfio era perfecta para desgarrar carne.

Terror birds had light, hollow bones and long, muscled legs. Their top speed was a blazing 50 miles (80 kilometers) per hour.

Los pájaros del terror tenían huesos ligeros y huecos, y patas largas y musculosas. Su velocidad máxima era de unos increíbles 80 kilómetros (50 millas) por hora.

The phorusrhacos had small wings but couldn't fly. Its wings were topped with a frightening claw. Terror birds may have used their claws to hunt or fight.

El Phorusrhacos tenía pequeñas alas, pero no podía volar. Sus alas estaban rematadas con unas garras terroríficas. Los pájaros del terror quizás hayan usado las garras para cazar y luchar.

Fast and Fierce/
Rápido y feroz

A hunting terror bird chased its prey on foot. Phorusrhacos slammed its big beak into the prey to knock it to the ground.

Cuando cazaba, el pájaro del terror perseguía a su presa a pie. El Phorusrhacos golpeaba a la presa con su pico para tirarla al suelo.

Terror birds used their sharp beaks and pointed claws to rip food. They gulped down small animals whole.

Los pájaros del terror usaban sus picos y garras puntiagudos para desgarrar la carne. A los animales pequeños se los tragaban enteros.

Monster Fact

Scientists think terror birds pounded small prey against the ground to kill it.

Datos sobre el monstruo

Los científicos creen que los pájaros del terror machacaban a sus presas pequeñas contra el suelo para matarlas.

The terror bird searched the grasslands for dead animals to eat. Sharp eyesight made it easy to spot a meal, dead or alive.

El pájaro del terror buscaba animales muertos en las praderas para comérselos. Su aguda vista le permitía encontrar fácilmente su almuerzo, estuviera éste vivo o muerto.

21

A Monster Disappears/
El monstruo desaparece

About 2.5 million years ago, land formed between North and South America. Deadly beasts like the sabertooth cat traveled south.

Hace cerca de 2.5 millones de años, se formaron tierras entre América del Norte y del Sur. Bestias mortíferas como el tigre dientes de sable pudieron caminar hacia el sur.

Sabertooth cats soon prowled the grasslands. For the first time, the terror birds had to fight for food.

Pronto los tigres diente de sable merodearon por las llanuras. Por primera vez, los pájaros del terror tuvieron que luchar para tener comida.

With less and less food, the phorusrhacos began to disappear. Around 15,000 years ago, the giant terror bird became extinct.

Como cada vez tenía menos comida, el Phorusrhacos empezó a desaparecer. Hace cerca de 15,000 años, el pájaro del terror gigante se extinguió.

Terror bird fossils are found in North and South America. You can see the fossils of these dangerous birds in museums.

Se han encontrado fósiles del pájaro del terror en América del Norte y del Sur. Tú puedes ver fósiles de estos peligrosos pájaros en los museos.

Monster Fact

North American terror birds were called Titanis walleri.

Datos sobre el monstruo

Los pájaros del terror de América del Norte se llamaban Titanis walleri.

terror bird skull/
cráneo del pájaro del terror

Glossary

extinct — no longer living; an extinct animal is one that has died out, with no more of its kind.

fossil — the remains or a trace of an animal or plant that is preserved in rock or in the earth

monstrous — large and frightening

powerful — very strong

prey — an animal that is hunted by another animal for food

prowl — to move around quietly and secretly

Internet Sites

FactHound offers a safe, fun way to find Internet sites related to this book. All of the sites on FactHound have been researched by our staff.

Here's how:
1. Visit *www.facthound.com*
2. Choose your grade level.
3. Type in this book ID **1429606169** for age-appropriate sites. You may also browse subjects by clicking on letters, or by clicking on pictures and words.
4. Click on the **Fetch It** button.

FactHound will fetch the best sites for you!

Glosario

extinto — que ya no vive; un animal extinto es aquel que ha desaparecido y del que ya no quedan ejemplares de su especie.

el fósil — restos o vestigios de un animal o planta que vivieron hace mucho tiempo

merodear — moverse rápida y sigilosamente

monstruoso — enorme y aterrorizador

poderoso — que tiene mucha fuerza

la presa — animal que es cazado por otro animal para comérselo

Sitios de Internet

FactHound te brinda una manera divertida y segura de encontrar sitios de Internet relacionados con este libro. Hemos investigado todos los sitios de FactHound. Es posible que algunos sitios no estén en español.

Se hace así:
1. Visita *www.facthound.com*
2. Elige tu grado escolar.
3. Introduce este código especial ID **1429606169** para ver sitios apropiados a tu edad, o usa una palabra relacionada con este libro para hacer una búsqueda general.
4. Haz un clic en el botón **Fetch It**.

¡FactHound buscará los mejores sitios para ti!

Index

Índice